JULES TROUBAT

SAINTE-BEUVE

CONFÉRENCE

FAITE LE 11 DÉCEMBRE 1904 A LA MAIRIE DU IXe ARRONDISSEMENT

POUR LA SOCIÉTÉ DE LECTURE ET DE RÉCITATION

(Extrait de la *Chronique des livres*. — Décembre 1904.)

ÉDITION DE LA *CHRONIQUE DES LIVRES*

7, rue Corneille, 7

PARIS (VIe)

JULES TROUBAT

SAINTE-BEUVE

CONFÉRENCE

FAITE LE 11 DÉCEMBRE 1904 A LA MAIRIE DU IXe ARRONDISSEMENT

POUR LA SOCIÉTÉ DE LECTURE ET DE RÉCITATION

(Extrait de la *Chronique des livres.* — Décembre 1904.)

ÉDITION DE LA *CHRONIQUE DES LIVRES*

7, rue Corneille, 7

PARIS (VIe)

Sainte-Beuve

Conférence faite par M. Jules TROUBAT le 11 décembre 1904, à la mairie
du IXᵉ arrondissement, pour la Société de lecture et de récitation, sous
la présidence de M. Léon RICQUIER, assisté de M. François FERTIAULT

Mesdames, Messieurs,

Un titre de noblesse s'ajoute à un autre, lorsque celui qui fut tiré de l'obscurité par un héritage glorieux est appelé, trente-cinq ans après la mort de son illustre maître, à rassembler ses souvenirs et à prendre la parole dans une fête de l'intelligence comme celle-ci. Sainte-Beuve aimait à faire parler le fidèle valet de chambre Marchand sur Napoléon. Vous avez bien voulu m'entendre sur Sainte-Beuve. Sur ce sujet, qui devient de plus en plus grand avec les années, je reste, en effet, depuis la mort de Jules Levallois, le dernier de ceux qui vécurent dans l'intimité du grand critique, qui l'approchèrent et qui l'entourèrent, — et je suis devenu moi-même, par l'habitude, par la force naturelle des choses (je le reconnais sans fausse modestie), une sorte de livre parlé et vécu, qu'on peut feuilleter à n'importe quelle page, sûr d'y trouver toujours le même nom ; et je répéterai sans cesse de lui — ou de moi — ce qu'il a dit lui-même d'Eckermann, l'auteur des *Entretiens de Gœthe :* « Quand on a vécu dix ans (je n'en ai vécu que huit) auprès d'un vrai grand homme, on doit trouver le reste un peu terne et décoloré. » — Je l'ai éprouvé dès le lendemain de sa mort, par toutes les expériences que je dus faire alors de la vie réelle, où les hommes se révélaient ce qu'ils sont, jetant bas le masque, sautant aux branches de l'arbre abattu....

Le nom de Gœthe revient naturellement, quand il s'agit de Sainte-Beuve. Weiss s'exprimait ainsi, en 1869, dans le *Journal de Paris,* après la mort de l'auteur des *Lundis :* « Notre siècle, depuis Gœthe, n'a pas produit de plus grand critique et il a produit bien peu d'aussi grands esprits.... » — On ne peut éviter la qualification de grand esprit, toutes les fois qu'on parle de Sainte-Beuve.

Par l'indépendance de la pensée et la largeur de vues, Sainte-Beuve aurait pu se ranger de la famille d'esprit de Voltaire : il était bien resté en cela du xviiiᵉ siècle, — de celui que Michelet appelait le grand siècle, — bien que le centenaire, ou peut-être justement parce que le centenaire, que nous sommes à la veille de célébrer, date de 1804 ; — on se ressentait encore du siècle de la Révolution, et l'on n'avait rien abdiqué de ses goûts, de ses mœurs, de ses prédilections et de ses répugnances. Il y avait un amour inné de l'élégance, qui se retrouve dans le moindre billet de Sainte-Beuve, et qui le rattachait, par la tournure d'esprit, à Voltaire.

Ils habitaient l'un et l'autre sur les hauts sommets littéraires ; l'*Iliade* et Racine étaient leurs points d'appui, comme base d'observation psychologique. Je sais fort bien où la comparaison doit s'arrêter.... Voltaire a donné son nom à son siècle, — nous ne savons encore comment doit s'appeler le xix°....

Je lui ai cherché des origines philosophiques, mais je ne crois pas qu'il faille le rattacher, comme on a une tendance à le faire, à aucune branche de famille nobiliaire dans le passé. Lui-même a déclaré que s'il n'avait pas pris ni revendiqué la particule, quoiqu'elle appartînt à son nom de famille, c'est qu'elle avait été omise par la négligence des témoins sur son acte de naissance et que, n'étant pas noble, il avait tenu à éviter jusqu'à l'apparence de vouloir se donner pour ce qu'il n'était pas. C'est une dérogation à une vieille manie romantique, dont était revenu Victor Hugo lui-même, le jour où il écrivait à un de mes amis, qui lui avait envoyé des copies de manuscrits du moyen âge, sur lesquels se trouvait le nom du poète : « Notre siècle de virilité répudie ces enfantillages héraldiques. » Il semble qu'on y revienne, à mesure qu'on s'éloigne de la nuit du 4 août. Sainte-Beuve eût chanté volontiers comme Béranger, avec lequel il n'était pas sans affinités bourgeoises : « Je suis vilain, vilain, vilain. » Il était bourgeois de naissance et d'adoption. Son père était contrôleur principal des droits réunis à Boulogne-sur-Mer : il s'y était marié tard et y mourut l'année même de son mariage, avant la naissance de son fils. Sainte-Beuve y vint au monde le 23 décembre 1804, dont le centenaire tombe ces jours-ci. Dans un écrit destiné à réfuter « la calomnie ecclésiastique », comme il l'appelle, il nous a d'ailleurs tracé un tableau de son enfance, de son éducation première.

« L'humble milieu domestique où je fus nourri, dit-il, était simple, honnête et sain (*sanus*), un peu étroit peut-être, mais avec d'agréables échappées pourtant dans la société de ce temps-là où me conduisait ma mère, tout petit que j'étais, et comme un enfant déjà raisonnable. Boulogne, par sa marine, par les restes de camps qui ne furent abandonnés qu'en 1812, offrait une grande variété de relations; les autorités civiles et militaires y étaient affables, et les familles de ces chefs frayaient beaucoup par leurs enfants avec les autres enfants appartenant à l'honnête bourgeoisie de la ville. Ç'a été là le premier air que j'ai respiré. »

Je continuerai à appliquer à Sainte-Beuve sa propre méthode, — celle qu'il a formulée, en 1862, dans de nouveaux articles sur *Chateaubriand*, qui fut pour lui le type sur lequel il trouva le plus à exercer ses principes, établis en lois, pour la connaissance et la classification de l'histoire naturelle des esprits. Il attachait une grande importance à l'hérédité, et il y dit :

«.... *Tel arbre, tel fruit.* L'étude littéraire me mène ainsi tout naturellement à l'étude morale....

«.... Si l'on connaissait bien la race physiologiquement, les ascendants et ancêtres, on aurait un grand jour sur la qualité secrète et essentielle des esprits; mais le plus souvent cette racine profonde reste obscure et se dérobe. Dans les cas où elle ne se dérobe pas tout entière, on gagne beaucoup à l'observer.

« On reconnaît, on retrouve à coup sûr l'homme supérieur, au moins en partie, dans ses parents, dans sa mère surtout, cette parenté la plus directe et la plus certaine.... »

Jé ne pousserai pas plus loin, le morceau est long, et mérite tout entier
d'être retenu. C'est une des pages les plus capitales de Sainte-Beuve. —
Il a reconnu lui-même ce qu'il devait à son père, et nous ne pouvons
encore que le citer. C'est la meilleure façon de le faire connaître, d'après
un portrait de famille, peint par lui-même :

« Quant au goût de la lecture et de l'instruction que j'ai eu de bonne
heure, et à cette vocation littéraire si prononcée qui se mêlait chez moi à
une disposition rêveuse presque dès l'enfance, je me les suis très bien
expliqués plus tard, et je les tenais de mon père. Mon père, en effet, qui
ne m'a jamais vu et qui mourut (d'une esquinancie) dans les premiers
mois de son mariage, avant ma naissance, avait fait de fort bonnes études,
et au milieu même de toutes ses occupations administratives ou des dis-
tractions bien autrement graves de la Révolution, il n'avait jamais cessé
de cultiver la chose littéraire avec amour, avec prédilection. Ses livres,
dont un certain nombre m'ont été transmis, sont tout couverts de notes
aux marges, tout remplis de papiers intercalés, contenant des anecdotes,
des références historiques remarquables, de beaux ou de touchants pas-
sages des poètes anciens ou modernes : son *Virgile*, son *Anacharsis* en
sont criblés. Évidemment, à travers ses journées et ses veilles si bien
remplies par d'autres devoirs, mon père ne perdait aucune minute, de
même qu'il utilisait pour ses extraits le moindre bout de papier. Homme
sobre et de mœurs continentes, d'une sensibilité vive qui ne s'était jamais
dispersée, il avait plus de cinquante ans lorsqu'il épousa ma mère, et il
put transmettre à son fils les traces acquises des habitudes littéraires
qu'il avait contractées depuis longtemps. C'est ainsi que dès l'enfance
j'aimais les livres, les notices littéraires, les beaux extraits des auteurs,
en un mot tout ce qu'aimait mon père. Le point où lui-même était arrivé
se trouva comme fixé à l'origine dans mon organisation, et ç'a été mon
point de départ. Ma mère, fille d'une Anglaise et d'un marin, mariée elle-
même assez tard et dans la seconde jeunesse, me transmit un fond de
constitution solide, saine, avec un coin de fermeté et de décision critique
que n'avait peut-être pas au même degré mon père. Je crois que cette
physiologie, qui fait remonter à mes auteurs et qui leur rend ce que
j'ai pu leur devoir de qualités et d'avantages à mon entrée dans la vie, n'a
rien d'irrévérent. Il est bon, jusque dans la reconnaissance, de chercher à
se rendre compte. »

Un autre trait physiologique de naissance, qu'il ne convenait pas à
Sainte-Beuve de relever en ces termes, mais qui a été remarqué pour la
plupart des hommes distingués, c'est que, physiquement, il ressemblait
beaucoup à sa mère. Sans trop de présomption, il est permis d'ajouter,
après ce que l'on vient de lire, qu'il tenait de son père l'habitude d'an-
noter les livres, qui lui servaient d'outils de travail, ce qui donna tant de
prix à la vente de sa bibliothèque, après sa mort. Les bibliophiles s'en
disputèrent la dispersion aux enchères publiques, comme les amateurs de
peinture s'étaient disputé les moindres bribes d'Eugène Delacroix. Je parle
de ce que j'ai vu, car j'ai assisté aux deux batailles, et la comparaison est
de mise. C'est par là que se manifeste la reconnaissance publique envers
les grands écrivains et les grands artistes qui ont pleinement et conscien-
cieusement rempli leur mission.

On aurait tort de chercher Sainte-Beuve hors de lui-même, car on ne l'y trouverait pas. On l'a bien souvent torturé, croyant lui appliquer sa propre méthode. Quarante-cinq années pourtant de production incessante présentaient un assez beau champ à l'investigation critique et biographique. Sa biographie est dans ses livres. Il l'a dit de lui même : « Il n'existe pas proprement de biographie pour un homme de lettres, tant qu'il n'a pas été un homme public. Sa biographie n'est guère que la bibliographie complète de ses ouvrages, et c'est ensuite l'affaire du critique-peintre d'y retrouver l'âme, la personne morale.... » Homme public dans le sens où il l'entend et où il le faut prendre, puisqu'il comporte des fonctions ou des dignités publiques, comme on disait de celles de sénateur sous le second empire, Sainte-Beuve l'a été à ce compte un peu plus de quatre ans, de 1865 à 1869, et il ne cessa d'être homme de lettres pour cela. Il ne se crut même appelé au Sénat que pour y faire entendre des paroles de bon sens et de haute portée pour la défense des lettres et des droits de la pensée.

Son premier livre, *Tableau historique et critique de la poésie française et du Théâtre français au XVI* siècle*, suivi d'un volume d'*Œuvres choisies de Pierre de Ronsard avec notices, notes et commentaires*, date de 1828. Les classiques attardés, qui n'admettaient pas de formes nouvelles, déjà soulevés contre le romantisme, s'insurgèrent conte la réhabilitation des poètes de la pléiade. Les Jay et les Jouy traitèrent Sainte-Beuve comme des ganaches. Il ne reste rien aujourd'hui de leurs invectives, et « le charmant livre de Sainte-Beuve sur la *Poésie française au XVI* siècle*, a dit Jules Levallois dans son livre sur *Senancour*, a résisté et résiste encore parfaitement aux railleries de M. Jay. »

Le mot de classique sonna toujours mal aux oreilles de Sainte-Beuve, et j'introduis ici une petite digression. Croyant lui faire un compliment — sincère, d'ailleurs, — je me permis de lui dire une fois, sous l'impression de quelque belle et bonne page qu'il venait de me dicter (car pendant huit ans, j'eus la primeur de tout ce qu'il écrivait) : « Vous serez un jour classique. » Mon pronostic ne lui sourit pas. Le mot classique — pour lui qui avait introduit la poésie dans la prose et n'en faisait qu'une texture — répondait encore évidemment au sens poncif et routinier que lui attachaient les combattants de la lutte romantique en 1828, et il me rembarra.

Je n'avais pourtant pas prédit si mal, puisque son nom figure, de nos jours, dans tous les programmes et recueils d'enseignement universitaire. Que dis-je ? l'autre jour, au Sénat, dont il ne fut pas le moindre sous l'empire, quelqu'un me disait : «Nous avons ici plusieurs exemplaires des *Lundis*, et nous nous en servons, non seulement pour notre plaisir personnel, mais aussi pour l'éducation de nos filles. »

C'est que les *Causeries du Lundi*, les *Nouveaux Lundis*, les *Portraits littéraires*, les *Portraits contemporains*, les *Portraits de femmes*, etc., répondent bien, par les services qu'ils rendent, à l'idée d'Encyclopédie littéraire qu'exprimait, en 1898, le poète François Coppée dans le discours exquis qu'il prononça à l'inauguration du buste du grand critique au Luxembourg. Laissez-moi vous lire la page tout entière. Je trouve une économie de temps à la citer. C'est la meilleure vue d'ensemble qu'on puisse donner de l'œuvre de Sainte-Beuve. On dirait que le poète a passé sa vie à lire l'auteur de *Port-Royal* :

«Prenez, dit-il excellemment, un volume au hasard dans cette œuvre vraiment prodigieuse par le travail, par le savoir et par le talent. Vous y trouverez certainement, sur un auteur ancien ou moderne, grave ou léger, étranger ou national, qu'il soit orateur ou historien, mémorialiste ou conteur, philosophe ou dramaturge, prosateur ou poète, un jugement original, des points de vue nouveaux, cent détails curieux, rares. toujours exacts et scrupuleusement contrôlés, et le plus piquant mélange de science ingénieuse et profonde. de saine et fine raison, de jolie et gracieuse malice. S'agit-il d'un classique, d'un grand et harmonieux écrivain, chez qui les beautés sont égales comme les épis d'un champ ? Sainte-Beuve se contentera de vous faire admirer l'abondante moisson ; mais s'il se trouve en présence d'un auteur de second ordre, où les pages heureuses sont éparses comme des fleurs dans une prairie, Sainte-Beuve vous épargne alors la peine de les chercher et cueille, pour vous l'offrir, toute la gerbe. Mais surtout, — on ne saurait trop le redire, — quelle étendue de connaissances ! Quelle variété inouïe ! Sainte-Beuve sait tout, goûte et pénètre tout ! Rien ne le surprend. Il a, sur toutes choses. des trésors d'idées et d'aperçus, des mines inépuisables de notes et de documents. A peine a-t-il démonté, avec une adresse d'horloger, la machine compliquée qu'est le cerveau d'un philosophe, qu'il saisit ses crayons de couleur et ressuscite, au pastel, une séduisante figure de femme. Tout à l'heure, il était installé dévotement, avec Louis XIV et sa cour, devant la chaire où Bossuet faisait retentir les grandes orgues de son éloquence ; et voilà maintenant qu'il s'amuse, sous le chèvrefeuille d'une guinguette, à écouter les refrains de Désaugiers. Hier, le long d'un mélancolique bandeau de tilleuls, à Port-Royal des Champs, il se promenait dans l'austère compagnie de ces « Messieurs » ; aujourd'hui, assis dans un raide fauteuil à têtes de sphinx de l'Abbaye-aux-Bois, il observe avec ironie le majestueux ennui du vieux René. Véritable Protée de l'intelligence, il débrouille une intrigue diplomatique comme s'il avait eu sa place au tapis vert de tous les congrès, et il raconte une bataille de Napoléon comme s'il l'avait suivie, l'œil à la fameuse lunette d'approche appuyée sur l'épaule d'un chasseur de la garde. Prenez, vous dis-je, prenez n'importe quel tome de Sainte-Beuve, vous ne le fermerez pas de sitôt, et vous sortirez toujours de cette lecture instruit et charmé. »

Ce tableau en raccourci de l'œuvre de Sainte-Beuve la fait mieux connaître que de longues et vaines dissertations subtiles. auxquelles Sainte-Beuve avait répondu, pour le présent et pour l'avenir, dans quelques pages de biographie qu'il me dicta un jour : « Des critiques qui ne me connaissent pas et qui sont prompts à juger des autres par eux-mêmes, m'ont prêté, durant cette dernière partie de ma vie si active (celle des *Nouveaux Lundis, commencés en 1861*), bien des sentiments, des amours ou des haines, qu'un homme aussi occupé que je le suis et changeant si souvent d'études et de sujets, n'a vraiment pas le temps d'avoir ni d'entretenir. Voué et adonné à mon métier de critique, j'ai tâché d'être de plus en plus un bon et, s'il se peut, habile ouvrier. »

L'ouvrier littéraire, qu'il a si bien étudié sur lui-même, et dont il a pu dire par suite de quelque mécompte(1): « .... De tout temps, on l'a observé, les gens de lettres n'ont pas été des mieux et n'ont pas fait très

(1) Articles sur *la Réforme sociale en France*, par M. Le Play, *Nouveaux Lundis*, t. IX, 1864.

bon ménage avec les hommes politiques, même avec ceux qu'ils ont servis ; on l'a remarqué des plus grands écrivains, gens de fantaisie ou d'humeur, de Chateaubriand, de Swift ; écrivains et gouvernants, ils peuvent s'aimer comme hommes, ils sont antipathiques comme race. Pourquoi cela ? Les points de vue d'où l'on part et ceux où l'on tend sont si différents, si contraires : les mobiles sont si opposés ! La bohème, même la plus sérieuse et la plus honnête, — et par bohème j'entends tout ce qui est précaire, — est à cent lieues de la bureaucratie, même la plus prévenante et la plus polie. La politique, il est vrai, est au-dessus et peut avoir l'œil sur toute chose ; mais se soucie-t-elle de ce monde léger dont chaque plume n'est rien, dont toutes les plumes toutefois finissent par peser et compter ?.... »

J'engage à lire tout le morceau, qui touche de près à la question sociale, et qu'on trouvera dans le tome neuvième des *Nouveaux Lundis*, article sur *la Réforme sociale en France*, par M. le Play ; Sainte-Beuve y produit son prolétaire à lui, qui est *l'ouvrier littéraire* et qui, à son dire, vaut bien aussi qu'on s'en occupe, car il est un des rouages essentiels de l'activité et de la production parisiennes ; — l'article.... de journal est un des articles de Paris les plus demandés sur la place.

Il est temps que j'entre, par le menu, au cœur de mon sujet, qui est de vous faire connaître Sainte-Beuve par le détail biographique ; jusqu'ici je m'en suis tenu aux considérations générales.

La science expliquera peut-être un jour en vertu de quel phénomène psychologique ou physiologique, de quel don naturel, en un mot, qui prédispose les hommes de génie ou de talent dans tous les ordres, la vocation littéraire se révéla chez un écolier de treize ans et demi, qui venait d'achever sa rhétorique, à la pension Blériot, dans sa ville natale, à Boulogne-sur-Mer. « Je sentais bien tout ce qui me manquait, dit-il, et je décidai ma mère à m'envoyer à Paris, quoique ce fût un grand sacrifice pour elle en raison de son peu de fortune. » Il faut bien aimer l'étude, on en conviendra, pour demander cela à sa mère. C'est tout le contraire du méchant écolier, dont parle Horace. Ses premiers maîtres, peut-être, dont il s'est loué, lui en avaient exprimé le miel, sans l'amertume et la monotonie. Bref, il était bien doué, et marqué d'avance pour la gravité. Sa mère le plaça à Paris, en 1818, à la pension Landry, où on le traitait, dit-il, « comme un grand garçon, comme un petit homme. » C'était un écolier prédestiné. Il dinait à la table des maîtres, et y connut, entre autres amis particuliers de la maison, l'académicien Picard, acteur et auteur si fécond qu'on eût pu dire alors qu'il était le premier de son temps. On avouera que les *Labadens* de ce temps-là avaient les yeux et l'esprit ouverts sur le monde. Cela formait l'éducation de la jeunesse, et les anecdotes que Sainte-Beuve en avait retenues faisaient honneur à l'esprit du temps. Les études n'en étaient pas plus mauvaises pour cela. La pension Landry, située rue de la Cerisaie, suivait les cours du collège Charlemagne, voisin, et Sainte-Beuve y entra en troisième sous M. Gaillard, excellent professeur et traducteur du *De Oratore* de Cicéron, et père du député actuel de l'Oise, M. Jules Gaillard. Je ne sais si l'habitude s'est conservée chez les professeurs de rester les amis de leurs anciens élèves, qui leur ont fait honneur, mais Sainte-Beuve le resta de M. Gaillard, et c'est chez lui, à Précy, qu'il composa sa première *Pensée d'août*.

Assis sur le versant des coteaux modérés....

Sa première année de rhétorique devait se commencer à Charlemagne sous M. Dubois, dont on ne peut nier l'influence sur la destinée de Sainte-Beuve. M. Dubois professait, sous la Restauration, des opinions irréligieuses. Il fut destitué avant la fin de l'année scolaire, où Sainte-Beuve commençait sa rhétorique ; et c'est lui, plus tard, qui, ayant fondé le *Globe* en 1824, mit la plume à la main de son ancien élève, en attendant qu'ils se battissent en duel en 1830.

Cette physionomie de M. Dubois — qu'on appela plus tard, quand il devint homme public, homme politique, Dubois (de la Loire-Inférieure), — méritait d'être fixée, et c'est peut-être à Sainte-Beuve qu'elle doit de ne pas être entièrement oubliée. Nous avons de lui une lettre très curieuse, adressée à M. Jules Claretie, qui avait rappelé, dans le *Figaro*, l'histoire de son duel et les circonstances qui faisaient qu'on en parlait encore, trente-sept ans après. On racontait que Sainte-Beuve, fidèle à une habitude bien parisienne de ne jamais sortir sans parapluie, l'avait apporté sur le terrain comme les autres jours, et l'avait ouvert — probablement parce qu'il pleuvait — pendant qu'on réglait les conditions du combat. Il aurait dit à ses témoins : « Je veux bien être tué, mais je ne veux pas être mouillé » ; et il l'aurait gardé ouvert, même en visant et étant visé. Aujourd'hui les lois du duel ne le permettraient plus ; mais au lendemain de la révolution de juillet, on était encore dans le feu de la bataille. Sainte-Beuve riait à ce souvenir, rajeuni par M. Claretie, quand il lui écrivait le 15 février 1867 :

« Je voudrais bien pourtant, et *pour vous tout seul*, vous dire quelques mots de l'anecdote que vous racontez, et dont une partie (la plus plaisante) est tout à fait exacte. Mais quoique Fontaney eût le goût des panoplies et des armes du moyen âge ou de la Renaissance, le pistolet dont vous parlez était bel et bien un pistolet d'arçon que Fontaney avait conquis sur un gendarme dans les journées de Juillet ; car c'était peu après ces journées qu'eut lieu cette querelle, et la fièvre qui régnait alors dans l'air n'y nuisit pas. Mais là où vous auriez une légère rectification à faire, et très juste, c'est en ce qui concerne le *certain* M. Dubois. M. Dubois, créateur avec Pierre Leroux (en 1824) et fondateur du *Globe*, depuis député et directeur de l'École normale, est encore vivant, fort vert d'esprit. C'est un homme sur les seconds plans, d'un talent et d'une verve très remarquables. Nul plus que lui ne serait à même de renseigner un jeune critique sur tout le mouvement de la critique française de 1825 à 1830. Il y a marqué par quantité d'articles, mais surtout par ses vues, son excitation, son stimulant : nul ne sait mieux que lui l'histoire littéraire sérieuse de cette période de la Restauration. Il porte aujourd'hui la peine d'avoir délaissé les Lettres, et si votre article lui a passé sous les yeux, ce mot de *certain* a dû lui entrer dans le cœur comme un trait aigu. Comme il n'écrit pas et ne publie rien, il ne fournit malheureusement pas l'occasion de réparer. Mais que de beaux ouvrages je lui ai entendu ébaucher le matin au lit, après une nuit d'insomnie ! Que de beaux romans vendéens et chouans à la Walter Scott ! Que de beaux projets d'histoire du christianisme avant Renan ! et tout cela s'est perdu en improvisations. Et c'est moi, l'adversaire d'un jour et l'homme au pistolet, qui s'en souvient encore le mieux. Donc, écrivains, produisons tant que nous en avons la force et pendant qu'il en est temps.

« Tout à vous, mon cher ami.

« SAINTE-BEUVE. »

Je ne sais si M. Dubois, dans les écrits posthumes qu'il a laissés, et dont on a essayé de tirer parti contre Sainte-Beuve, lui a rendu la même justice et avec autant d'impartialité. Il serait facile d'y aller voir, mais ce serait s'attarder en chemin à des broutilles.

En 1821, la pension Landry ayant émigré à la rue Blanche, où de plus jeunes que moi ont eu encore le temps de voir sa vieille enseigne, dans le voisinage de l'ancien *Clichy*, près des Batignolles, Sainte-Beuve l'y suivit et passa de Charlemagne à Bourbon (aujourd'hui Condorcet), où il acheva ses études.

Je le suis pas à pas dans chacune de ses confessions, qui nous éclairent mieux sur lui-même et sur ses débuts que toutes les interprétations qu'on en a tirées et qu'on en tirera encore. Nous tenons de lui-même cet aveu : « J'ai commencé franchement et crûment par le xviiiᵉ siècle le plus avancé, par Tracy, Daunou, Lamarck et la physiologie : là est mon fond véritable. » Cela veut dire, comme il l'a raconté ailleurs, que profitant des heures de liberté qu'on lui laissait à la pension Landry, il faisait l'école buissonnière, selon le génie ou la vocation qui le poussait : il allait tous les soirs à l'Athénée, rue de Valois, au Palais-Royal, de sept à dix heures, suivre des cours de physiologie, de chimie, d'histoire naturelle ; et c'est ainsi qu'il se préparait à ces études médicales, pour lesquelles il avait pris, en 1827, sa quinzième inscription, sans pousser jusqu'au doctorat. Cela lui constituait ce fond solide d'études et d'enseignement à base scientifique, sur laquelle il a de tout temps, malgré des diversions apparentes, assis et édifié sa méthode de critique.

M. Guizot avait dit de lui, quand parut, en 1829, son premier volume de vers, *Vie, Poésie et Pensées de Joseph Delorme* : « C'est l'œuvre d'un Werther jacobin et carabin. » Il fallait être bien doctrinaire pour trouver Sainte-Beuve *jacobin*.

Quant à être *carabin*, Sainte-Beuve s'en défendait d'autant moins qu'il racontait, de longues années après, qu'il avait été *roupiou* sous Dupuytren, et qu'il avait porté le tablier un matin à l'Hôtel-Dieu pour remplacer un interne absent. Il resta le médecin des esprits, et la littérature fut pour lui ce qu'il a appelé « une série d'expériences.... un long cours de physiologie morale. »

Il se peut que le *carabin* se ressente dans *Joseph Delorme* : « Ce malheureux livre, écrivait-il à un ami, quand il le fit paraître, a eu tout le succès que je pouvais espérer, il a fait crier et irrité d'honnêtes gens beaucoup plus qu'il ne m'eût paru croyable.... » On a diversement apprécié Sainte-Beuve poète, et comme le critique est plus lu en lui que l'auteur de *Joseph Delorme*, des *Consolations* et des *Pensées d'août*, certaines gens qui, évidemment, s'entendent beaucoup à la poésie, se sont plu à déprécier en lui toute faculté poétique.

Personne n'en a parlé avec plus de compétence qu'un autre poète, M. François Coppée, et c'est encore à lui que j'emprunterai ce jugement définitif : « Cet esprit, essentiellement original et ayant la passion de la nouveauté, eut l'ambition de créer un genre qui manquait à notre littérature : la poésie intime, familière, s'inspirant de peu, volontiers inclinée du côté des humbles personnes et des choses dédaignées, restant toujours poétique cependant, mais encore plus par le sentiment que par l'expression. Certes, le grand essor du lyrique est sublime; mais la pensée du poète, avant d'atteindre le sommet, est souvent voilée par les brumes. Sainte-Beuve voulut s'arrêter à mi-côte, « sur le penchant des coteaux modérés, » comme il l'a dit lui-même, d'où l'on voit mieux la réalité, de haut et de loin, mais sans risquer de se perdre dans la nuée. Cette tentative, qu'on peut rapprocher de celle des lakistes anglais, et que de plus récents poètes ont renouvelée, ne pouvait réussir bruyamment dans notre pays, avant tout épris d'éloquence, et dans notre langue, où la poésie prend volontiers un tour pompeux et oratoire. Il n'en est pas moins vrai que Sainte-Beuve inventa un vers qui est bien à lui, simple et non pas prosaïque, d'un accent très sincère et très pénétrant, et admirablement propre à exprimer les émotions discrètes et les sentiments contenus. Il ne fut peut-être pas un grand poète, mais il fut un vrai poète.... »

Théophile Gautier l'a appelé un grand poète, dans son étude sur *Baudelaire*, peut-être en souvenir de leur contemporanéité, mais ce qu'on ne me déniera pas, c'est que je lui ai entendu dire à lui-même, parlant à Sainte-Beuve : « *Oncle* Beuve, ton *Joseph Delorme* m'a beaucoup servi pour mes vers. » Et celui-là fut aussi un vrai poète. — L'*oncle* Beuve, le *père* Hugo, étaient une façon de parler romantique.

Nous touchons à la révolution de 1830, qui eut pour effet, mieux que d'autres, peut-être, survenues depuis, de faire sortir de la terre remuée une immense floraison d'idées nouvelles ou contenues, depuis que le grand ennemi des idéologues les avait refoulées. Ce fut une crise de plus pour un esprit jeune et passionné, qui 'en couvait tant d'autres, ayant leurs racines au cœur, et qui vivait en pleine action. Sainte-Beuve nous a dépeint son état d'âme en ces années-là dans la lettre qu'il écrivait à Emile Zola, le 10 février 1867 : «.... Quant à ce qui m'arriva, après juillet 1830, de croisement en tous sens et de conflits intérieurs (Saint-Simonisme, Lamennais, *National*....), je défie personne, excepté moi, de s'en tirer et d'avoir la clef ; encore se pourrait-il bien que, si je voulais tout repasser, nuance par nuance, j'en donnasse ma langue aux chiens.... » Cette lettre me rappelle un mot analogue que me dit devant un tableau de bataille un capitaine de cavalerie, qui avait assisté à Reichshoffen : « J'étais là comme si vous jetiez une miette dans cette mêlée. »

Celui de qui nous tenons cet aveu philosohique : « Je suis l'esprit le plus brisé et le plus rompu aux métamorphoses », et qui avait coutume de comparer le critique à un Argus, qui doit avoir des yeux tout autour de la tête, pour tout voir, tout pressentir, celui-là se connaissait bien et justifiait, par les deux définitions qu'il donnait de lui-même, toutes les curiosités qui attirèrent et tentèrent ce naturaliste ou ce botaniste des esprits. Nous savons par lui jusqu'où allèrent ses relations avec le saint-simonisme, et il semble qu'on pourrait s'en tenir à ce qu'il en a dit, qu'il ne les désavoua jamais, mais qu'il avait pu s'approcher du lard, sans se laisser prendre à la ratière. Il avait gardé la plus haute idée du père Enfantin, et il l'a exprimée dans son livre sur *Proudhon*, qui commence ainsi : « J'ai eu deux fois le regret, à quelques mois de distance, de ne pouvoir rendre en personne les devoirs funèbres à deux hommes à qui je portais haute estime et grand respect. L'un d'eux, Enfantin, que j'avais connu aux jours de ma jeunesse et dont j'avais apprécié la largeur de cœur, les belles facultés affectives et généreuses ; l'autre, Proudhon », etc. Ce n'est pas là l'hommage d'un sceptique, et Sainte-Beuve se retrouvait en 1865 ce qu'il avait été en 1830, épris d'idées sociales ; — il ne se défendait pas d'être socialiste, plutôt autoritaire que libéral, — je n'apprécie pas, je constate. La courbe décrite le ramenait à son point de départ. L'homme de 1830 était resté utopiste, révolutionnaire, sous forme conservatrice ; — tant d'autres sont réactionnaires sous forme républicaine !

L'histoire de ses idées est dans ses livres. Il n'y fait pas mystère de sa liaison avec Lamennais, et il y raconte que c'est lui qui fut chargé de faire imprimer les *Paroles d'un croyant*. « Un matin, dit-il, que je reportais les épreuves, on me prévint que l'imprimeur, M. Plassant, désirait me parler. « Vous êtes chargé, me dit-il, de l'impression d'un écrit de M. de Lamennais qui va faire bien du bruit ; mes ouvriers eux-mêmes ne peuvent le composer sans être comme soulevés et transportés ; l'imprimerie est toute en l'air.... » Bref, l'imprimeur avait peur de perdre la clientèle du gouvernement.

Je passe rapidement et à grands traits sur certains épisodes transitoires (au jugement de Taine) de la vie du critique, tels que sa collaboration au *National* d'Armand Carrel, en 1834. Sainte-Beuve a raconté la querelle que lui valut, dans le même temps, son article de la *Revue des Deux Mondes* sur une physionomie originale et marquante du parti royaliste, Ballanche. Son récit est piquant, et j'y renvoie dans la dernière édition des *Portraits contemporains*, réimprimés à la fin de sa vie, en 1869. J'en retiens surtout sa façon impersonnelle d'entrer dans un sujet, de s'effacer, de s'oublier. « Je n'étais plus chez moi, dit-il, j'étais chez un autre pour une quinzaine, ou mieux, j'étais cet autre moi-même, et l'on m'aurait pu prendre pour son second. » Pour avoir trop bien compris et expliqué Ballanche, on le traita au *National* de renégat : mais il me semble que la méthode, qui fut la sienne de tout temps, a été aussi celle de tous les grands moralistes, qui sont des peintres de mœurs ou des peintres de portraits, la plume à la main.

La crise morale, dont souffrait Sainte-Beuve en 1834, et qu'il n'a pas cherché à dissimuler dans les confessions qu'il a faites de lui-même, en maints fragments autobiographiques, devait aboutir au roman de *Volupté*, œuvre de religiosité vague. Le mysticisme et l'épicurisme s'y ennuagent et s'y fondent, selon une des maladies du temps du roi René (c'est de Chateaubriand que je parle). Balzac, qui échappait à toutes ces influences, n'en fut pas moins frappé de ce qu'il y avait de voisin avec lui-même, dans ce roman psycho-physiologique, comme on dirait à présent, puisqu'il s'écria, après l'avoir lu : « Je referai *Volupté* ; » et il fit le *Lys dans la vallée*, qui est peut-être une parodie de *Volupté*, mais qui ne la vaut pas. J'ai entendu un célèbre avocat de cour d'assises dire un jour à Sainte-Beuve : « J'ai lu *Volupté*, et je n'y ai rien compris. » Je le crois bien, il faut, pour la lire, s'abstraire de toute préoccupation extérieure. Par son côté mystique, c'est en quelque sorte la préface de *Port-Royal*, vers lequel s'acheminait Sainte-Beuve. Par son côté physiologique, ce roman historique et transposé dans une époque antérieure peut servir à reconstituer de grandes figures. On y reconnaît M. de Couaën et Amaury, c'est-à-dire l'auteur lui-même. Quoi qu'il en soit, avec ses recherches et ses tendances audacieuses, *Volupté*, comme *Joseph Delorme*, a été un livre précurseur : je ne doute pas que plus d'un psychologue, qui l'a peut-être renié, n'y ait trouvé la base d'un roman à curiosité inquiète et pénétrante.

Un de mes amis, d'esprit religieux, partant l'été dernier pour la campagne, emporta *Port-Royal*. « J'aurai ainsi tout le loisir de le lire », me dit-il. C'est qu'en effet on ne lit pas ce livre tout d'une traite. C'est l'œuvre capitale et maîtresse de Sainte-Beuve, celle à laquelle il a donné le plus de soins et travaillé le plus longtemps. J'en sais quelque chose, puisque nous achevions de corriger les épreuves de la dernière édition en six volumes, en 1867 ; on sait qu'il avait commencé son grand ouvrage par un cours sur *Port-Royal* à Lausanne, en 1835. Il y trouvait un auditoire tout préparé par l'éducation religieuse, sérieux et chrétien. Il n'est pas le même partout. Moi-même j'avoue que la question de la Grâce n'a pas toujours agi efficacement sur moi, et qu'elle glissait parfois comme de l'eau sur des plumes de canard ; il me semblait à d'autres moments traverser un bois épais et obstrué par des amas de broussailles théologiques. Sainte-Beuve a pu dire d'un de ses anciens secrétaires, mon regretté ami Jules Levallois : « Il me fut surtout d'une très grande utilité pour l'achèvement de mon ouvrage sur *Port-Royal* ; il s'était mis au fait de cette curieuse histoire, et avait pénétré dans l'intimité des personnages presque aussi avant que moi ; dans le dépouillement des correspondances manuscrites, il était le premier à me signaler des particularités piquantes, mais voilées, qui seraient restées inaperçues pour tout autre. » C'est que Levallois était aussi un esprit religieux, mais dissident, et à tendances schismatiques, presque un calviniste, comme on l'est dans le canton de Vaud. Quant à moi, ce qui m'est resté de la collation plusieurs fois réitérée des épreuves de ce livre, ce sont des études, telles qu'on n'en trouve que là dans l'œuvre de Sainte-Beuve, sur le grand siècle littéraire de Louis XIV ; Racine, Pascal, Molière, et le théâtre religieux, Corneille, Rotrou, y sont l'objet de recherches entièrement renouvelées et originales.

C'est l'histoire d'un esprit que je vous raconte, et je suis malheureusement obligé de brûler les étapes, pour ne pas vous retenir trop longtemps.

Je vais droit au but avec le regret de ne pouvoir vous parler, chemin faisant, de la nomination de Sainte-Beuve comme bibliothécaire à la bibliothèque Mazarine en 1840, de son refus réitéré de la croix, de son élection à l'Académie française, en 1844, en remplacement de Casimir Delavigne, de sa réception, l'année suivante, par Victor Hugo, — ce qui donna lieu à des commentaires piquants. — En 1876, j'ai publié en volume les *Chroniques parisiennes* qu'il envoyait en ces années-là (1843-1845) à son ami Juste Olivier, de Lausanne, pour la *Revue Suisse*. Il y rend compte très spirituellement et impersonnellement de la séance académique, où il s'agissait, pour M. Sainte-Beuve (c'est lui qui parle ainsi à la troisième personne), de célébrer Casimir Delavigne, devant Victor Hugo, et comme il le disait en souriant, *de louer Racine devant Corneille*. Les choses se passèrent bien, contrairement à ce qu'avait espéré et souhaité le célèbre courriériste Charles de Launay (autrement dit, Delphine Gay ou Mme de Girardin), dans un article où Sainte-Beuve était fort maltraité, et qu'il intercala dans sa propre chronique de la *Revue Suisse*.

Je ne ferai que rappeler aussi les raisons qui lui firent donner sa démission de bibliothécaire à la bibliothèque Mazarine, en 1848. Son nom s'était trouvé porté sur une liste d'émargement aux fonds secrets, publiée par la *Revue rétrospective*, pour une somme de cent francs. C'était fantastique. Il voulut avoir le fin mot de cette *fumisterie* (car c'en était une), et le trouva dans la demande qu'il avait faite d'une réparation à une cheminée qui fumait dans son logement de la bibliothèque Mazarine. Les frais, qui incombaient au propriétaire, c'est-à-dire à l'État, avaient été ordonnancés au nom du locataire. Sainte-Beuve, ne s'étant pas senti suffisamment soutenu et défendu, sur cette question d'honneur et de probité, par d'anciens amis, devenus ministres, qui devaient le mieux connaître, envoya sa démission de bibliothécaire. Il a donné toutes ces explications depuis, et avec humour, dans la préface de son livre sur *Chateaubriand et son groupe littéraire sous l'Empire*, rapporté du cours qu'il alla faire à Liège, pendant l'année scolaire 1848-1849.

Les *Causeries du lundi* datent de 1849, et je n'ai plus à vous les faire connaître. Rien ne facilite même plus ma tâche, en ce moment, que cette production incessante et variée, qui ne finit qu'à la mort du critique en 1869, et se renouvela en 1861 sous forme, peut-être un peu délestée, de *Nouveaux Lundis*. Il retrouvait toute sa vivacité au *Constitutionnel* en y rentrant, et s'y sentait plus libre qu'au *Moniteur*, et enfin, ce fut le *Temps* qui eut sa dernière campagne. C'est vous dire qu'il nageait dans des eaux modérées, et qu'il fut toujours un centre gauche, confinant au centre droit. Comme en poésie, il resta toujours, en politique, à mi-côte, sur ce qu'il a appelé les coteaux modérés. Il y trouvait, apparemment, un terrain plus solide et plus résistant pour évoluer à son gré, sans dépasser jamais les limites de la ferme raison et du bon sens, si net et si droit, qu'il avait en propre. Il eut toujours contre lui les partis extrêmes, surtout ceux de droite, qui le lui firent bien voir, le jour où il fut empêché de faire son cours au Collège de France, en 1855.

Sainte-Beuve, n'ayant pu faire son cours, tint à honneur de le publier. L'*Étude sur Virgile* en sortit en 1857, et il s'y montrait un parfait humaniste, pénétré de son sujet. La science actuelle reproche à cette Étude l'ignorance de certaines lois philologiques, qui sont, de nos jours, d'infiltration allemande. Peut-être pourrait-on reprocher à la science moderne de sacrifier le goût à l'érudition, une érudition trop savante où les textes sont tiraillés en tous sens, même en sens contraire de l'esprit latin et virgilien, comme Sainte-Beuve l'a démontré dans son article des *Nouveaux Lundis* sur le *Virgile* de M. Benoist, en 1867. On ne lui en démontrait pas sur Virgile.

Je ne sais d'où Jules Simon a tiré, comme il l'a dit dans un article intitulé *Un Normalien en 1832*, que « le grand critique, qui savait admirablement écrire un article...., malgré ses succès à Lausanne, a prouvé depuis à Liège, et plus tard à l'École normale elle-même, qu'il n'était pas, à proprement parler, un enseigneur.... »

M. Pasteur, directeur de l'École normale pour les études scientifiques, du temps que Sainte-Beuve y était maître de conférences, lui faisait l'honneur d'assister à ses leçons. Sainte-Beuve y apportait les soins et les habitudes démonstratives de sa critique, appuyant par des citations, choisies avec art et à propos, l'instruction qu'il voulait donner. Il y pratiquait le respect des consciences, et m'a raconté que, pour ne pas blesser un élève trop pieux, il se contentait d'indiquer, sans les lire, certains fabliaux trop hardis du moyen âge. *Maxima debetur reverentia....* Je ne pense pas que ce soit ce qu'ait voulu lui reprocher Jules Simon.

Peut-être n'avait-il pas l'esprit pédagogique au même degré que l'auteur du *Devoir*, mais il avait le sens et l'esprit modernes, et il esquissa, dès 1852, dans son fameux article des *Regrets*, qui lui a été tant reproché, un programme d'enseignement, que la troisième République a réalisé depuis :

« Les générations, y disait-il, ne sont pas à la veille de tomber dans la barbarie parce qu'elles apprendront un peu plus de sciences et un peu moins de lettres proprement dites, parce qu'on saura des mathématiques, de l'astronomie physique, de la botanique et de la chimie, qu'on se rendra mieux compte de cet univers où l'on vit et qu'il était honteux d'ignorer. Un esprit bien fait, qui saura ces choses, et qui y joindra assez de latin pour goûter seulement Virgile, Horace et Tacite (je ne prends que ces trois-là), vaudra tout autant pour la société actuelle et prochaine que des esprits qui ne sauraient rien que par les livres, par les auteurs et qui ne communiqueraient avec les choses réelles que par de belles citations littéraires. A ce monde nouveau, pour l'intéresser, il faut une littérature différente, plus solide et plus ferme à quelques égards, moins modelée sur l'ancienne, et qui, aux mains des gens de talent, aura elle-même son originalité.... »

C'est Pierre Leroux, je crois, son ancien collaborateur au *Globe*, qui laissa tomber sur Sainte-Beuve cette prophétie, du temps qu'il côtoyait le saint-simonisme : « Joseph Delorme, quelque jour déchirant son suaire, sortira de sa tombe, onctueux tribun de liberté et d'avenir. » Les temps se sont accomplis, et la réalité a donné à la prédiction une autre formule, résumée par Taine dans un jugement magnifique et définitif, au lendemain même de la mort du grand critique :

« Aujourd'hui, autour de lui, il y a des contemporains, des rivalités, des brouilles, des picoteries, des rancunes de personnes, de salon, de parti, de journal, des souvenirs du *Globe*, du *National*, du *Moniteur*, du *Constitutionnel*, du *Temps*, de l'Académie française, du Collège de France, du Sénat. D'ailleurs, un critique est un buisson sur une route; à tous les moutons qui passent, il enlève un peu de laine. Tout cela est éphémère. Mais quelque chose subsistera et peu à peu se dégagera. On verra qu'à travers plusieurs engagements, il n'a servi qu'un maître, l'esprit humain ; pour le juger lui-même en critique et d'après ses propres préceptes, j'ose ajouter, en pesant exactement toutes mes paroles, qu'en France et dans ce siècle, il a été un des cinq ou six serviteurs les plus utiles de l'esprit humain. »

Il semble bien que la postérité ait ratifié ce jugement, et c'est par là aussi que je veux finir, en vous remerciant de la bienveillance que vous avez bien voulu mettre à m'écouter (1).

JULES TROUBAT.

---

(1) M. Jules Troubat ayant été empêché au dernier moment par une indisposition subite d'aller faire sa conférence lui-même, elle fut lue par M. Maurice Du Bos, le sympathique vice-président de la Société de lecture et de récitation.

www.ingramcontent.com/pod-product-compliance
Lightning Source LLC
LaVergne TN
LVHW010807180726
843502LV00011B/4395